夢的三棲

Triphibious Dream

陳銘堯

致讀者

或許上帝創造的世界並不完美
所以人類需要奇蹟、科學和詩

目次

青竹絲

如此殘缺

卻如此自我流暢的生命

美如一個妖夢

天地不仁

釀造敵意的毒

它款擺而行

不時停駐凝視

彷彿一面詛咒著

旁觀它的不幸的人

一面將自己鑽進

比它自身的腹腔

更為陰暗的世界

我們無從得知它幸福的結局

2007/06/10

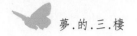

麻雀

瑟縮在枯樹上

僅剩的一隻

殘冬裡的麻雀

驚愕般

噤住了它往常的聒噪

落魄的神態和強烈的色彩

以超越任何畫工的神聖感

呈現無可置疑的存在

浮沉於無形的時間之流

黃昏最後的陽光

光豔而冷然地照耀著

這假象的靜止

當它突然頓悟一般飛去

留下一片錯愕

一切曾是如何地真實而完美啊！

2007/06/25

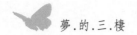
雨夜

夜空飄下滿天雨絲

在街燈下織著銀網

這分歧的世界

藉著水光

融成清冷的晶體

被溫熱的心所觸及

但我懷疑這只是短暫的感覺

線與形

隱形於景物

暗示一個龐大而超然的結構

景中景

無意間被瞧見的

街道啦房屋啦汽車啦

變得抽象而深邃
好像不僅僅是街道房屋與車子

一失神，這一切
彷彿掉入一個
充滿時空迴響的地道
一個盲人聽到的
騷動的聲響的世界
黑暗中埋伏著
獵人的沉靜

2007/07/15

擊倒

無星無月

無數個這樣的夜晚

有些嬰兒誕生

有人懷憂睡去

不確定是什麼

正逐漸崩潰

變成不可彌補的缺憾

或許我們是這樣長大的

不知道失去的是什麼

僅意識到結結實實地被擊倒

啊！這樣的沉睡

彷彿自暴自棄

曾經

骨碌碌兩隻小眼珠

蓋在棉被裡

不眠地張望著

好像要眼睜睜地看著

如此殘酷的歲月

2007/09/25

陵

有著漩渦狀的星雲渦旋著

有白色疊花私密綻放著

如拋擲出去的陀螺般

在太虛中

萬物掙扎著一個定點

時間正於其上構築光之聖殿

當它就將完成時

只那麼絢爛奪目的一瞬

便被某種遍在的假光所吞噬

結晶般

一片凌亂的地景上

明晃晃矗立起

方的、圓的、以及

金字塔形的玻璃巨塔

像造型簡單而龐大的積木

2007/12/25

心跳

所有的悲哀，撞向我

啊！昨日的、今日的

所有的不幸

所有的不義

撞向我

啊！我沉痛的胸膛

所有的屈辱

所有的憤怒

撞向我

我聽到

像彈簧鋼般鏗鏘

鋼性而頑強的反彈

只有自己聽到的

孤單而堅持的心跳

好像自己敲擊在不認命的硬路上

空巷中沉澱的跫音

在深夜裡迴盪

2008/01

小雨滴

降自灰濛濛的天際

飄零落下的小雨滴

好像很自由

又似不得已

唉！小雨滴

水面一圈圈的小漣漪

小雨滴

落在西伯利亞

落在太平洋

小雨滴

飛舞又狂奔

落在呼嘯的風暴裡

小雨滴

落在清晨的塔尖

落在黃昏的鼓樓

落在黑夜靜靜的街頭裡

小雨滴

落著落著

落成一場嘩啦嘩啦的大雨

2008/01

蝶

這漂泊無依的遊魂啊
暫棲於夜的此岸
垂下或因霧濃而沉重的雙翼
永夜瞪著驚悚的假眼

驀然看見
天空中淡淡的晨星曉月

以為醒了──
這沉默無聲
沒有重量
沒有足跡的夢遊者
終於在夢中行動了

揹起了變得親密的行囊

感到生命如此輕盈有勁

2008/02

悼韓波

當我在詩的碎屑中睡著時
悄悄地，他不告而別
向夢一般的遠方離去

或有臨別回首一望的眼眸吧
在舉步邁向那樣的地方
就瞬即轉為冷酷的眼神
是為了什麼而背叛的嗎

感到被嘲弄了
我讀著他留下的詩集
啊！他是連詩也拋棄
那樣無情的人啊

我問殮屍人

想知道他最後的遺容

──或許聽過他的荒唐

附庸風雅說：「像睡著的小孩」

這，我就姑且信了

且簌簌地流下淚來

流著如江河悠悠的淚水

看見漂浮著蒼白的奧菲莉亞

2008/03/25

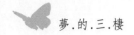

花季

眼前幸福的人們啊
我們無從知悉其悲哀的往事
他們是如何偷偷地將之安置
——於某個私密的角落

多麼歡愉的容顏啊
我們不能預知其未來的災禍
將如何可怕地突然降臨
那無處可逃的方寸

而狂歡之後
我們莫不是常常
就立即感到失落的嗎

那麼幸福著的人們啊

那麼悲傷著的人們啊

為什麼把心放到這樣的天平上

那麼幸福著的人們啊！

那麼悲傷著的人們啊！

分不清是雪片或櫻花紛飛的夢啊！

2008/04

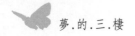

在春天街頭

東飄西蕩一整天
或天堂的一季
或一輩子
嚴密的天地彷彿猶有一隙
而她猶能以那單薄的身影
飄然地以薄翼般的春衫
穿越過來

似殘夢初醒
這生於虛空中的生命
也要在虛空中消磨
她以夢幻而飄忽的醉態飛翔
好像遺失了什麼重要的東西
而四處尋覓著
或終於也無所謂那般

隨風飄去

像撕碎的紙片

2008/04

那人

我瀟灑的冬衣
有不瀟灑的記憶
重新披起時
才感覺到它的重量

我暗褐色的形象
走在深秋
有陽光烘焙過的味道
黃昏靜靜品味的咖啡與焦糖
啊！不久前才在春天洗曬過
且收藏了一整個夏季

我愛自由的衣袖
總是不自由

跟隨那人低徊的腳步
有時也想叛逆地擺動著

看似很偶然
又似很堅持，我是
踩著落葉踽踽獨行的那人
走向更深的秋

2008/06/15

玄思

無邊無際
綿綿的哀意
從內裡滋長
充塞天地

有如清麗的女子臉龐
透出對人間的一絲冷淡
而掩飾那深沉內在的
正是那如此動人
絕世出塵的美麗

昨日的笑靨
已還給了昨日
她的明眸閃爍著波光流逝
那綿綿的哀意

還諸天地

已不屬於這無聊的塵世

2008/06/25

蘆葦

孤獨的釣客！

清醒的釣客！

在荒僻闃寂的水湄

緘默如風中蘆葦

每次，總是痛苦地感到

超過需要的清醒

生命如波光流水

一刻也不停留

在緩緩上昇的大滿月裡

吐著銀芒的蘆花

盡一季之淒清

那看來卑微卻頗為頑梗的存在

是否挺得住

心旌搖動

從黃昏到月夜

那可怕的幻滅

內在可怕的崩潰！

你從哪裡來

還得回哪裡去

每次，總是痛苦地感到

更龐大的空虛

更深沉的瘖默

每次，總是在這時刻

感到靈性充滿的幸福

卻要忍受這僵局的折磨

2008/09/07

晚安

「晚安！」
我輕輕地輕輕地
有如默禱般
對誰或自己
獻上一個睡前的祝福

不願讓這一天成為悲慘的一天
我溫柔地閤上雙眼
且從內心的沉靜裡
裝出一個自己感覺得到的微笑
向聽著我的世界
平靜而不無執拗地說
「晚安！」

「睡吧！我的好孩子！」

一個慈祥的聲音叮嚀

他不多說什麼安慰的話

也不給我什麼明日的許諾

「睡吧！孩子！好好地睡吧！」

我的眼角頓時感到盈滿的濕潤

臉上還堅持著那樣的微笑

但聲音逐漸含糊

彷彿只是夢中的喃喃自語

「晚安──晚安──晚─」

2008/08

神話時代

也許很單純

或許很複雜

雖然有違狩獵的本能

對於人類提供的食物

到底想建立什麼樣的關係

或許處於被動，但是

始終以那種天生的冷酷啃齧著

時而齜露其尖銳的獸牙

發出喀喀底聲響

寒徹我的骨髓

雖然有時狀似溫柔地依偎過來

然而，那或許只是暫時收斂起凶性

有如藏在牠愛乾淨的腳掌中的利爪

只是你誤以為
那是愛人般的親密

那謎樣的距離感
有如初次邂逅
費猜疑的凝視
像盯著獵物般專注
有時，不知做著什麼樣的盤算
揚長而去

在夜闌的暗巷裡
那此起彼落的喵叫聲
私下裡聽到的
寂寞、嫉妒、憤怒和飢渴
以及嬰兒般的哭啼
使我想起在白天裡
那琉璃般的眼珠子

清澈如秋天的湖水
我們所看到的
是同一個半人半獸的世界
而牠伸展著那迷人而魅惑的肢體
忘記夜裡發生的種種

2008/08

過去的日子這樣過去

猶如太沉痛的奔喪

有如植物人般

失去知覺

坐在疾駛的火車上

冷漠地看著

近處飛快地倒退

而遠方卻向前旋轉

這樣假象的世界

連痛的感覺都沒有

回想起來

竟然也沒有恨

當然也就不被要求寬恕

這失能的生命啊！

在旁人看來

雖然倒楣，但一點也不覺羞恥

就像坐在火車上被拖行著一般

越過了許多人生的風景

搖搖晃晃地——

好像從來就沒有參與過

只朝向那唯一的終站一般

失去了整個人生的真實

也失去了夢的可能

2008/09/25

杳

有如偶然投影在那面鏡子上

這晦暗的夏之白晝

透射銳利的明亮

飄著雲霧的雨空

像淡淡的墨汁

在水中緩緩暈開

不斷漂移著的灰色雲帶

形成多重的變形的明暗間隙

疑似那破洞的天空

竟也漂移著一般

獨自，一番陶醉

那麼高高地飛翔

拍著修長而柔韌的雙翼

或許懷有意志
或正經歷命運
穿越相對漂移著的多重天
一閃身就沒去了牠的影蹤

去吧！兄弟！
不必眷戀
遠颺吧！朋友！
吾將無所期待

2008/10

My Response to Fate

命運像個老朋友

他知道我的一切

老是那麼嚴肅地看著我

像很投入的醫生

帶著一點困惑和同情

這令我很懊惱

命運像我的一個老師

很厲害的那種

誰也別想矇混過關

眾目睽睽下

他在我不馴的臉上賞了一巴掌

火辣辣的

雖非自願

但結果如此

我內心深刻知道

自己活成了一個丑角

雖然我向來很嚴肅

三分擺爛

七分無恥

我在鏡子裡

又打了自己一巴掌

然後笑得很奇怪

2008/10

邊界

城市與廢墟
夜與更深的夜
岸與潮
之間

貼近而又荒疏的時空
一陣陣狗的吠叫
兩隻三隻四隻或更多
有吠月之狼的長嗥
有神經抽搐般連續的狂吠
好像有必須立即予以填塞
仇恨和飢餓的口腔
有淒厲如鬼域的哀嚎
也有敷衍自己的人生般
甚為卑微而衰弱的嗚咽哀鳴

這時，沒人理睬

不知如何被生下來而存在

逡巡於廢墟的邊界

恐怕早已變回野生的動物

如何在被棄養之後

繁殖再繁殖

成了特有種

徘徊於這個理論上存在的一線

牠們飄忽的命運

我並不特別想知道

這是我這現代人特有的冷酷吧

我們亦是在什麼時候被棄養

繁殖而又繁殖生存下來

在邊界遊蕩

長條形的影子般的存在

2008/12/15

誓言

我的心，有個小傷口

流著鮮紅豔麗的血

我把它染成狂野的花瓣

心裡卻不無感傷地想著：

不久它將變得暗鬱、自憐且枯萎

但眼前它是那麼鮮活

綺想征服的奔放

我的心，佈滿了疤

這些醜陋的疙瘩

冒犯我纖細的觸覺

盡是些不想恢復的記憶

我痛恨那些平凡、瑣碎與恥辱

就只我一人——

這如海的睡眠

浩瀚而深沉

我將從英雄式的孤獨中醒來

變得很純淨

並鍛鍊我意志與美的肌肉

有如榮耀諸神的藝術

2008/12/25

靈魂發出一個聲音

往前邁步的腳　那走姿

仍是猿人的

孤獨的走姿

有如物種演化圖表上

那個黑色剪影

走過黃昏的曠野

以及月夜的沼澤

有如跨越著時間

一個古老雕像

即使仰倒在地

還永恆地踢向天空

走吧！

不管腳底是礫石發燙的沙漠

或露濕沁涼的青草地

走吧！

儘管有時或會踩到錐心之痛的荊棘

中斷了歡欣雀躍的口哨

或糾纏不清的煩惱

走吧！

那聲音充滿人生各種情緒和悟解

而我如沉靜的盲人那般

肅然聽到

彷彿可以觸摸得到的

靈魂的所在

2009/01

故鄉的早晨

總是臭著那張老面孔

不知為什麼會變成那樣

對什麼都不以為然的神情

一早起來

打開厚厚的一疊報紙

就不以為然地

一張翻過一張

罵了一堆人

像極了古宅裡

舊家庭的老祖母

一早起來就數落著

兒子們

媳婦們

頑皮的孫子們

還有那死去多年的老伴

然後掉下淚來

這該怪誰呢？

你說，這該怪誰呢？

2009/02

遠遠的鼕鼕鼓聲

凶猛的、獵人頭的、
概念上存在的一群
在血液中流竄著的
那個遠祖

黥面紋身、披髮跣足
有著群的飢餓、憤怒和亢奮
在蠻荒的草萊中
潛伏躓行或虎視眈眈
那目光如獸
卻能看見鬼神的
那個遠祖

在曠野裡茫然四顧
或把人頭血酒吞下肚裡

變得沉默得可怕的

那個遠祖

聽到那鼕鼕鼓聲

便暫時忘記自己在虛假的文明裡的存在

靜靜地聽著——

2009/03

沐浴者

有如博物館或祭壇上

儀式般的照明下

像臨終之浴所看見的

蠟白而了無生氣的裸體

弓著佝僂的背脊哈著瘦腰

因著長年的生活和脾性

養成頸椎僵固的低頭而勾視著地面

不得不看到

因為這樣荒誕的體態而往前挺出的小腹

和頗覺世俗而唐突可笑的下體

失去了血性和痛癢般

已經沒有了恥感

如何在慾望和絕望的雙重折磨下

像似一頭可憐的老牲畜

人生從這樣的姿態給瞧見了

被那已熄滅了憤怒及愛戀之火

日益變小而膽怯的眼睛

偷窺了別人般給瞧見了

這稍稍感到潔淨的生命

2009/03/25

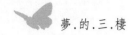
時光・戀人

失落一長串的時光

重複地、一再地

一去不回！

多麼熟悉的失落

從寂寥中走來

從荒涼的花徑

失散的戀人

多麼陌生

多麼蒼白

從長長的故事跋涉而來

緊閉的小窗

──童話般

透出爐火閃爍

這寒夜中的溫暖
要獻給最淒涼的心

怕驚動這奇蹟般復活的時光
我噤住粗重的氣息
持守生命的溫柔狀態

2009/06

捕蝶人

渾然忘我

夢遊人啊

捕蝶人啊

你追逐著什麼

彷彿飄浮在真空中

你孩童般純然

沒有一絲絲悲哀、殘酷或失落

在時光中

你沒有影子

你如何構築了你的生命

——那些我知道的或不知道的種種

啊！往日

或許隨風飄逝

那蝶兒也輕飄飄地

好像什麼事也不曾發生

而只是作為一個旁觀者的我

卻比誰都沉重哩

2009/06/25

氛圍

清晨六點
六線道大馬路
早班公車、女人
鴿子

表面騷動起來
內裡卻昏睡
或恰恰相反
一切正在啟動
或形成中
或已經太遲了
似乎沒人問
到底發生了什麼？

強自鎮定

以心虛的鬥志

假裝並未被打敗

假裝並未失去方向

這些男人

用一種可疑的冷靜

用一種視而不見的神態

佇立於清晨六點

這城市沒有鐘聲

只有冷冷的喧嘩

2009/07

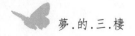

摸黑

這心的黑牢

暗無天日的永夜

巴巴張望的眼睛

除了黑，什麼也看不見

然而，生命的經歷

使我知道夜的深不可測

同時奇妙地想起

某個悠閒的白日裡

晴朗而愉悅的天空

白雲以可愛的模樣飄過

此刻夜空

應該是秋吧

在睡前的冥想裡

如一個遠古的藍色湖泊

漂浮著憂鬱的白色帆影

才想瞧個仔細

可它已漂得老遠老遠了

這可憐的心啊！

忍受多少折磨

卻還以為這一切都是詩呢

2009/08/15

掙扎

羽影一閃

就沒入了萬葉湧動的樹海中

不見其影蹤

也不聞其哀鳴

我想像著剛才他急切的飛行

這是天黑前

微明的一刻

一個人

依依的回眸

而那只是一個影子

匆匆掠過

劈劈啪啪的撲翅聲

似乎有著我不能理解的

想要吶喊的發狂

2009/08/20

苦悶

天真無辜的愛人啊
對你，如大自然的你
如春光燦爛的你
我如何能說得清楚
我陰暗複雜的內在

一個並不特別的日子
一個並不特別的時刻
那必然影響了我一生的時刻
只是一個小小的不一樣的想法
從那以後
一切是多麼不同

而現在，站立在這邊的我
這樣的我

如何對你訴說
這不算秘密的秘密

我臉上的那一抹陰影
將跟隨我到很老很老
有如朦朧斑駁的月影
掩映於浮雲間
那在我眼底悶燃著死灰的瞬間
必然影響了我的愛情的瞬間
我如何能說得清楚
我胸中的猛烈

如今，
我世俗的溫柔
如今，

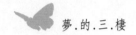
我憔悴的微笑

只是淡淡地

2009/09/20

身世

我有一個甜甜的睡眠
長長的睡眠
彷彿遠離了昨日
也遠離了自己

我有一個結結實實的睡眠
感到已耗盡了氣力
沒有了計較的睡眠
既拋棄了怨懟
也拋棄了夢想
拋棄了今生今世
有如自我放逐

然而，在必須醒來的每一天
所有的甜美

所有的痛苦

好像只換取了

這毋須任何理由而醒來的一天

多麼曖昧的苦笑喲

多麼呆楞的表情喲

什麼是純然的幸福？

2009/09/25

淚

結束了一日的污濁和輕浮
赤裸柔軟如嬰兒
如夜空中一團朦朧的星雲

彷彿感到彼此存在的份量
月光下那巨岩
泛著黑色金屬的冷光

這凝聚了光華而現形的隱質
明晰得像銀雕的輪廓
那額頭那鼻梁那唇線
那山脈般的身影
在夜氣裡呼吸著的赤裸肌理
內斂了伊的硬質和滿滿情愫

卻以這富延展性的光之波紋
傾訴伊悠遠的生命史

而寂然墜落
自天空的臉龐
流星一閃而滅

彷彿歷經漫長而不為人知的澄清
從熾熱到冰涼

2009/10/15

星眸

叢林裡那些眈眈虎視

猛禽桀驁睥睨的鷹瞵

靈巧自適或緊張營生的小鳥

永不睡眠來回踱步的魚

而兩棲動物或爬蟲類

多半被誣是冷血而詭異的

等等……

像看見它們的世界般

我看進了自己的眼瞳

那裡是水晶宮

那裡是廣寒宮

那裡，黑森林和草原

綠茵和古堡

有孤寂的修道院和

荒涼的墓園

有夜

有滿天悠悠的星眸

在時間的天河裡

淘盡了人間的種種

變得多麼純淨、溫柔而深遠

2009/12/15

繆思

小鎮醫生的第N個女娃

重複練習著鋼琴曲

總是選在我最孤單而無聊的時刻

經午累月

那曲子我已聽得很入神

而且很純熟

而且無比幸福

雖然野孩子的我

不知道那曲子叫什麼

可憐我們的小公主！

老是在某些地方跌倒

一再跌倒而重來

就像芭蕾舞受傷的小天鵝

而我早已焦急地扶她跨越

而且無比流暢地彈下去

最後，幾乎就變成了我的獨奏

而從隔壁那潔癖而封閉的醫生宅邸

斷斷續續傳過來的音樂

早已變得支離而破碎

蒼白且空洞

就像我所經歷的人生歲月

現在我深刻知道

那時彈奏著的

是叫做「少女的祈禱」的音樂

2010/01

於今何如

我從某處來
異鄉人般站立
微微底茫然
環顧這陌生的天地
其實更陌生的是自己

空掉了腦袋瓜子
被抽掉了筋骨肉
感到輕輕的搖晃
生出漂泊的悲涼意

想起去年江邊小立
那時還可憐一株老瘦樹
稀疏的枝條
沒剩幾片殘敗的葉

這時節，秋風中
它可還咧咧地搧響不？

2010/02

神祕的微笑

信仰不過是較為強烈的感情
有人為之暈眩
有人為之瘋狂

認定神就是自己認定的那樣子
算不算認識神呢
如果連自己都不能認識自己
卻認定別人怎樣怎樣
神怎樣怎樣，那麼
算不算認識神
又如何計較起呢

這樣的人
以及這樣的人所敬拜的神
以及這樣的神所主宰的世界

或因之而起的諸種愛恨糾葛

恐怕才是這世界的實相吧

而我終於悟解了

一個小老頭臉上頗為精明而神秘的微笑

不管眾人如何熱烈爭論

就是沒見他開口說過話

聽說幾年前續了絃

兒子有了不錯的職業

還結了一門皆大歡喜的親

生下一個活潑可愛的孫子

心裡本想說些祝福賀喜的話

不知為什麼腦中卻浮現

聽說是最令人抓狂的英語──Whatever

覺得自己也很討厭

2010/02/15

身影

那時——
彷彿風景
無人共鳴
有如廣場
失去人影

那時——
不相信命運
不接受現實
不信鬼神
時而顛倒嬉鬧
時而陷入沉吟的腳步
在那雨中
在那薄暮
一種舞步

彷彿伴有隱形的舞伴
踩踏忘我的節奏
那獨舞的身影
直到夜闌

那時──

2010/03/25

Every Door Every Lock

當鑰匙在鎖具中轉動
熟悉而陌生地轉動
那鋼鐵機制冷然的契合
以及彈簧溫柔的抵拒

玩味著

夜歸的影子
總是
突然鏗鏘一聲
來不及困惑就解開了
沒有想像的空間

每個黃昏
每條街衢

每個夜晚

每道長廊

那孤獨而又豐饒地踥蹀

尋尋覓覓

每一扇門

每次開啟

總是隨之緊閉

那幽光一束

有如遠古神秘的信差

總是

殷殷地等在門外

2010/04

貝多芬的月光

曾有這樣的夜

天地俱盲的夜

當天空失去了星月

雙重的黑暗吞噬了一切

詩人卻溫柔仰望

無限黑暗的宇宙

在想像所及的天邊

那神話中的月亮

正熠熠生輝

曾有這樣的時刻

當天地也喑啞的時刻

詩人卻聽到自己的哭聲

落向連回音也吞沒的深淵

從想像所及的靜寂中

卻有顫抖的琴弓

在心弦上拉鋸

那滴血的琴聲

總是有人太輕率地說：

「人生不就是那麼回事！」

「再來一曲！」

不！絕不！

人生不能重來

當音樂終了

它已留下最美的傷

2010/07

愛的空想

昨夜夢中出現的不是妳
因而我懷疑做夢的是我
雖然一樣動人
伊的眼珠子比妳的黑
卻少了妳特有的虹彩
她烏黑的秀髮不輸德布西的棕髮少女
我無法形容那些即興的波浪

我曾暗自感傷
以為此生不會有這種或那種的愛情了
是不是我不幸的愛情觀已然改變
否則怎會讓這全然陌生的女子
勾起我的愛意
或是為了合理化那不可能的愛
妳才變身成夢中的模樣

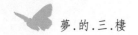
雖然好像重新燃起了生命的火焰
但我知道這模模糊糊的幸福感
只是愛的空想
在最真實的內在
隱藏了難言的悲哀

2010/08/15

凝望

天上數不清的星星
路上來來去去的人

那逐漸黯淡的星
已跋涉了多少虛空
彷彿熱情耗盡
熄滅前的火苗
啊！愛人那疲憊的淺笑

來來去去的人啊！
那些星星也只是過客
也只是擦身而過時
偶然交會的匆匆一瞥
千言萬語的一瞥

如泡沫漂浮於流水
來來去去的人啊！
快緊緊抱住！

2010/09/25

我往黑裡走

我往黑裡走
週遭有季節的明亮
和繁華的燈光
熙攘的人群
面孔閃著歡樂的光
啊！戀愛中的人
我在縹緲的歌聲中祝福

我往黑裡走
往相反的方向走
雖然不知道為什麼
雖然，
路的盡頭是海洋
而我只是一滴水

喔！獨自看海的女子
我愛上妳沉思的背影

我往黑裡走
走入一個大空洞
甦醒了一千零一夜的夢：
混合花香和果味的處子
萬里孤單的飛航
而盲目的夜行軍
腳底彈回來的力道和感覺——

我往黑裡走
試圖踩踏出比那還果敢而灑脫一點的腳步
畢竟，
我曾哭過
又曾笑過

2010/10

誰的人間

又黑又瘦像蝙蝠

瘦得皮包骨

兩隻執著的黑眼珠

噩夢的眼神

有如不妊的龍眼籽

悔不該瞧了一眼

便被黏住了

她伸出碳棒似的黑手指

空抓食物塞嘴巴的肢體語言

釘子般敲入了我的心窩裡

這裡或那裡，不管是哪裡

整個世界都饑餓

我深深理解

但在乞兒這麼多的街道上

亮閃閃的兩個鋁錢幣

居然沒人撿

這就很不可思議

正為自己不施捨的多疑和硬心腸

還一路感到難過

不敢當這是我的好運

反而覺得是罪惡

直到把它輕輕放入

神殿前婆羅門的小鉢裡

並對一個無形的力量合掌頂禮

可濕婆已破壞了我世界的平衡

2010/12/15

城

　　誰有這特許的目光
　　驚艷夜空寶光的藍
　　如此高高的天幕
　　藍藍的天光

　　如此遠在天邊
　　那城市
　　燈火早已闌珊
　　猶有熔爐般的餘燼
　　照亮逐漸沉澱的紅塵
　　蒸騰黃金般的光霧

　　誰有千年絲綢般的心思
　　緊緊纏縛
　　而又流洩飄逸

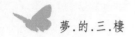

又如矜持的微醺
綽約行過滄桑的暗巷

誰在城中
誰在城外
城在天外

2010/12/25

暗 流

暗夜裡

荒郊外的河灘上

冥紙堆燃燒的火光

照亮一個面具般的臉孔

靈魂被什麼給攫住似地

盯著火舌如何將冥鈔一寸寸地吞化

啊！這世上

有什麼終於結束了

去吧！不幸的生命

偷偷地死去吧！

不光彩的生命

就這樣孤單地幻滅吧！

沒有意義的生命

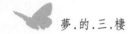

死貓吊樹頭

死狗放水流

也有傻瓜自盡在裡頭

而婦人張開大腿洗衣的模樣──

那無始無終荒荒涼涼的河面上

時而浮起一個漩渦神秘的水紋

又悄悄隱沒了去

2011/01

場景

活像一株仙人掌
他在那裡生著氣
而周遭只是一片荒漠
日昇月落
更無人搭理

是因為可疑的信仰
或可恥的欲望
或令人痛苦的世界

白晝裡
天火焚燒如煉獄
到了夜晚
月光灑下一片清寂

他存在的風景

是個超現實的境界

有一種刺痛人的美

只得他獨自消受

2011/03/25

依然

喔！童年！尊貴的王子！

我的童年並未消逝

（怎會生起這消逝的念頭？）

只像過了一個靜靜的夜晚

一個幼童的夜晚

一切恍如昨日

啊！我闖蕩了多少里程

歷經了多少戰鬥

這星空依舊

騷動依舊

蒙昧依舊

天籟也依舊

只是多了一份冷酷與複雜

啊！這些扭曲的日子

我抹煞了多少個性

喪失了多少自我

喔！何者是真正的我

這臉上深深的刻痕

何者依然尊貴

何者依然純潔

何者是夢的笑紋

2011/04

天地

大風暴前
寧靜的片刻
突然一陣詭異的氣流
撼動周遭
瞬又復歸死寂
彷彿來了隱身的巨靈

突然落下幾顆豆大的雨滴
又戛然而止
暴風圈有如怒漢徘徊
醞釀上天怒氣就要爆發的焦躁

起先只是動物本能感知
然後又如藝術家般打量：

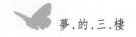

在沒有盡頭的茫茫大海中

以微塵一般的生命

以我們歷劫的雙眼

既有罪而又無辜地

既悚懼而又無知地

想要相信什麼而不能地

看見天地那奇詭的顏色

竟如此瑰麗

2011/06

Beyond

什麼是死亡？
喔！我們這些活著的人
我們不知道死亡！
就如我們不知道睡著的那一刻

當嘈雜的人眾離去
你嬰兒般的雙眼才悠然開啟
且以一種超然的純粹
開始看見
尋常的天空
藍得像天堂

平凡的人
平凡地活著
不凡的人

不凡地死去

全都帶點糊塗味

只除了那鐘聲

透著古怪底神聖

彷彿為誰開始鳴響

壯闊且悠揚

2011/06/25

彷彿如是的嬉戲

孩童吹著肥皂泡
一個　兩個　三個……
飄呀飄
飄向天空　愈飛愈高

啊！破了！
一個　兩個　三個……

更多泡泡被吹出來
一個　兩個　三個……
那七彩透明而夢幻的球體
一個一個飛上天空
一個一個破掉
一個一個還是被吹出來
彷彿如是的嬉戲

啊！
天空那麼晴朗
那麼藍！
彷彿如是的天空

2011/09/25

有人教我把握當下

在大地蒼茫的暮色中
眼睜睜地看著黑夜掩至
我那焦灼的心！

白晝裡能將自己衝向天空
那麼強勁的翅膀
此刻
彷彿為黑巫術所困
失去了意志和力量

啊！
明天有明天的天空
明天有明天的飛翔！
然而，此刻
卻意識著頗費推敲的當下

為了生命的禁錮和流逝
以及不可知的未來
我這懷疑論者
在這無邊無際的黑暗中
強烈感到需要的
正是一個睡前的祈禱

2011/10

雪

有如一種報償
每一個懂孤獨的人
都擁有一個秘密的房間

當他無意間發現時
那小小的私密角落
早已落滿厚厚的灰塵

本就十分潔癖
此時更加不敢隨意翻動
深怕再度惹起早已落定的塵埃

那柔細如雪的白
有如宮妃的粉妝
十分均勻而完美地

覆蓋了事物的表面

彷彿還滲透內裡

有如戀之初雪

下在荒漠的原野

喔！　不管多久

就讓它維持那樣子

直到永遠吧！

不管多麼晦暗

那顆脆弱的心

卻總是水晶般透亮

耐受著

一種蛀蟲般日夜不停

細細的咬囓

2011/12/25

在祖國的黎明中醒來

喔！ 我沉睡的意識
如何地在中夜溫柔醒來
彷彿在另一個時區的晨光中醒來
啊！那是祖國明亮的早晨！

喔！ 苦惱的靈魂！
如何在每日難解的糾葛中掙扎
懷著愛恨
激烈而又消沉地倒下

啊！ 這可悲的肉體
如何地追逐歡愉
如何地逃避痛苦

這可敬的靈魂，猶然
如何迷信著荒誕自欺的樂觀
如何地懷著騎士的想像躍起

啊！　在這歐洲的中夜
我仰望祖國天邊的黎明

二〇一一年十月二十三日 在馬德里旅館
因為時差以及對台灣的懸念，在半夜醒來

飄落

在優雅大道
有優雅的楓
飄落巴掌大星狀的葉

有如佛朗明歌舞孃
迴旋扭擺她的身子
在空中緩緩盤旋著
不像是墜落
倒像是一場生命的舞蹈
這樣專情地
讓我在她墜地之前
觀賞著她的飄落

雖是異常緩慢的翩翩漫舞
仍然短促得令人惋惜

然而，

正有那拄著柺杖

徐徐行來的老婦

彷彿也目睹了這一幕

看著那躺在地上的楓葉

她的柺杖和腳步的落點

刻意避開而走過

多麼優雅美麗的心啊！

望著她遲緩離去的老邁背影

我想像起她青春戀愛的時光

二〇一一年十月二十七日在巴塞隆納Gracia
　　大道所見。這樣的優雅正是奇異的恩典

夜景

在宏闊的天宇下
彷彿有人私密地低語著
喔！我們懷著奇特情愫的天宇
使一切顯得悠遠藐小
喔！那些私密的低語
只是人們呢喃的夢囈！

彷彿遠遠地淡淡地觀看
才能看見
那萬家燈火
有如天上的繁星

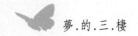

你的愛恨追憶

有如隱隱約約

隨時會淡去的晨星

2010/09/03

詩人

我在山中迷了路
幸好遇到善心人

「別著急　我來告訴你
不必懊惱　也不用回頭
繼續往前走
路雖遠了些
你可一點也不吃虧
這時節　風景無限好」

順著他所指的方向望
一輪紅太陽　落在路前頭
地平線那邊 一片樹林迷濛
橫在青空下
路旁兩排油加利　在風中沙沙作響

彷彿一路延伸到樹林

我聽見宇宙宏大的交響

「不管他路怎麼彎

不管他路怎麼轉

只管跟著夕陽走

不要怕迷路

那可會壞了你的好心情

蹧蹋了好風景」

「穿過那林子

你才會碰到一個岔路口

這時你先別急

那裡有棵挺高挺高的楓

你該歇歇腳　並好好欣賞

嗯　此時楓葉該已開始飄零

在夕陽的烘托下

它顯得特別傲岸而嶙峋

只是有點蕭瑟且孤獨」

彷彿陶醉在自己的形容中

好不容易才又注意到我這迷路羔羊

「不要怕　不要急

那岔路是個假把戲

專會愚弄急躁執著的人

只要抱著好心情

往左或往右

都是好風景

你大可放心慢慢走

夕陽會一路陪著你

今兒個可是大好天氣」

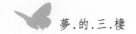

善心人說罷　消失了仙人的蹤影
只留給我一座空山　一輪落日
和沙沙作響的林木
晚秋的高風　特別爽利

2011/09

熱切

不知道過去過去沒

也不知道未來來到沒

在冷冷的晨光中

登上一個荒涼的小山坡

昨夜守歲的都市還在酣睡

但已遠遠地傳來

零零星星的爆竹聲

彷彿帶著某種急切

迎面突然撞見一枚小白花

在不起眼的灌木叢中

誇示它耀眼的存在

那小巧的重瓣的嫩白花蕊

在滿樹花苞中

獨自怒放著

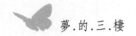

而朗朗照耀其上
早春黃金般的陽光
還沒有溫暖起來呢！

2011/09

悲戚

有那麼多盲目的人

只因他們並不張開眼睛

有那麼多星星

並未燃起希望

只因生命早已失去熱情

有那麼多美好事物

我們並未察覺

只因可憐的心

常常為憂愁所盤據

我懷著這樣的悲戚

在顯得特別清澄的夜色裡

觀望又觀望

2011/09

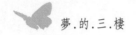
飄零

如在夢中那麼真實

如在畫中那麼縹緲

小舟無人

隨波逐流

漂搖晃蕩

時而微微轉向

好像具有靈性

回應某種輕喚

前方水域

正一片煙波茫茫

彷彿才剛經歷了一場

不為人知的風雨

這時突然領悟業力造作
以及掙扎的徒勞

嘿！
在夢中總是恐懼逃竄的那個我
在現實裡可頗有幾分愚勇
然而卻只有在這個時候
才有那詩意的真實和安詳

2011/10

遺忘的旋律

昨夜下著雨

下在我心頭

引來一陣淒涼

似曾相識而又陌生的雨

那麼遙遠而又那麼貼近

沒有原因

沒有目的

沒有想法

沒有道理

不知道在什麼時候

再怎麼悲傷的哭泣

就如這雨

也總有停止的一刻
但我知道它並沒有真正停止

拚命想要拼湊
在倥傯的世途裡
早就忘得一乾二淨的
一段哀美而又撫慰的旋律
卻怎麼也哼唱不起來
這不甘願停歇了的雨
曾在昨夜
那樣下著
沒有旋律地下著

2011/10

化妝舞會

營火閃爍的火光中
大野狼涎笑著
而小老虎很卡通
尼克森、毛澤東、蔣介石圍成一個小圈圈
白雪公主和巫婆手牽手
顯然是好朋友

而音樂太現代
有如砲聲隆隆
夾雜著怪獸鬼叫般的人聲

一身黑的吸血鬼
是唯一未變妝的傢伙
卻沒人發現

迷失的小白兔看起來很可愛

還對他揮舞著仙女棒呢

2011/10

結婚進行曲

水天一色的河面
白色遊輪逆流而上
走得很吃力
尾巴拖著一道白白的浪花
活像新娘拖著她長長的婚紗

因為離得那麼遠
遊輪小得像玩具
我聽不見人們的笑語
也看不到情人的依偎
只見江波柔細如海妖之髮的水紋
蕩漾著令人陷入迷離的光影

有如磨坊裡的騾子繞圈圈
不久它將在某個地方

某個時點黯然折返

尾巴拖著一道白白的浪花

像新嫁娘拖著她長長的婚紗

但我不無悵惘地想著:

一切已經不一樣了

2011/11

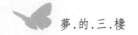

芸芸

或許冷漠如我

錯身而過的路人

或許難以捉摸的心思如我

不知從哪裡挨擠過來的路人

我只那麼匆匆地掃過冷冷一瞥

就將他們渾忘！

那一張張命運的臉孔

如執著的潮汐

來自浩瀚深沉的海洋

那埋葬黃昏

沉沒月光的海洋

忽然懊惱起自己

無端冰冷的心！

無端冷酷的眼神！

起初也無端討厭著而想儘快甩開
這些此生不會再見的陌生人
他們平庸的輪廓和五官
在烈日的照射下
像石雕家狠狠鎚擊鑿刻出來
粗礪而尖銳的明暗面
以一種熾烈爆破的力道
射穿我結冰的眼底

不知是因為這樣的破壞力
或是因為酷熱無情的銷熔
屈服於一種氣氛或模糊的思惟
我軟化了掠食者的慣性神經
鬆懈了緊繃行走的肢體
以一種全新的柔軟和感性

如舞蹈家試圖詮釋一種意境

穿行於這可敬畏的人流中

如果這身鬆垮的形骸

還沒有潰散於空無

甚或還自覺有一點灑脫飄然

並生起一種奇怪的大悲

全繫於這永恆浪人生命裡

某種堅韌的東西

某種仍然屬於強者的冷酷和浪漫

或者悲劇

並且想像：

或許有人正投我以冷冷一眼

2011/11

吶喊變奏曲（一）

深夜徘徊街頭的那人啊
因何徘徊？

是你日夜叨唸的什麼人嗎
此刻你卻已沉沉睡死
在另一世界

而你夢中的眼眸
光年外的星星
聖母的淚泉

或者那是你
在自己的夢境
腦中閃過一個名字

從胸膛爆發吶喊

迴盪於笨笨虛空

2012/01/21

吶喊變奏曲（二）

彷彿有一扇無形的門扉緊閉
殷殷徘徊的那身影
因何徘徊？

有如那不知名的幽邈星辰
徘徊於浩瀚蒼穹

張開了夢的眼睛
我看見宇宙的深邃
和巨大的步伐

但是，依然
如此平庸的苦惱
從隱隱作痛的心中喚醒
來將自己折磨

彷彿掙扎叫囂

又似嘲弄譁笑

這撕心裂肺的吶喊

恍如記憶中

某個夜晚裡聽到的

夢幻的嘰嘰蟲鳴

2012/02/14

沒有形體的風

在神話般的青空
揮舞帶勁的衣袖
從一片雲的舞姿
我看見了沒有形體的風

彷彿一種受困的神力
想要掙脫
又亟欲為自己的靈魂造形

看著這片刻的幻化
在我眼前消散
我聽見一聲宏偉的太息
發自宇宙深處
一個黑暗的蟲洞

來自原始人近神的心智
一股強大的信仰感昇起
堅固了這渺小而飄忽的存在
我看見了沒有形體的風

2012/06/17

被雨聲淋濕

又聽見那雨聲
彷彿淡忘了的那個人

不知從哪裡來
也不知去了哪裡
唉！總之是很遠的地方

閉起慣看風雨的眼
我回想他離去的神色
他不說我也懂：
這回兒可沒甚麼好留戀的

此次他來
似乎懂得了一點點的愛
說：「就想回來看看嘛」

然而我知道
他終究不久留

雨停了！
有人歡欣地叫了出來
但好像只有我被淋濕了

2012/07/08

Framed

天啊！我認識這個人
現在他死了！
沉默而疏離
一如往常

那些看來跟他親近的
毫不避諱地
談論這人的種種隱私
好像他不存在似地
而且他從來也不為自己辯白
一如往常

嗯！就是這樣！我知道這個人
沉默並且和人們保持距離

這是他對這塵世唯一的態度
從過去到現在

喔！這人現在死了！
真的死了！我知道，因為
這一次他真的不在乎了，真的！

2012/07/16

印象

彷彿封住了千言萬語
嘴角那抹淡淡的苦笑
凋萎中的玫瑰
溫婉而沉靜地
就那樣病態地凋萎吧！

曾經獨自沐浴在月光中
或雜處於庸俗的人堆裡
釋放不可捉摸的芬芳
現在，就請也好好看著
這落幕最後的印象！

今後，不怪人們愈加多愁的心靈
他們將只能以鹹鹹的淚水
澆灌那日益蒼白的唇瓣

那可是生命在巔峰狀態時

命運曾那麼輕率地

給予悲劇一吻的柔唇

2012/07/20

詩人札記（三十） 代跋

　　人類的意識，有三個狀態，那就是：清醒狀態、睡眠狀態，以及冥想狀態。一般人都知道前兩個意識狀態，但冥想狀態是內在修練者才能掌握的境界。一般人在清醒時，在社會化的過程中，被壓抑下來的一些欲望、羞恥、罪惡、痛苦和各種情感，會變成潛意識隱藏起來。它隱藏得那麼深，有時連自己都不願意知道或羞於承認，以至於自己也不知道它的存在。其實潛意識在不知不覺中往往才是左右一個人的性格、思想和好惡最大最真實的力量。但它卻深深潛藏於意識的底層。這就是所謂的潛意識的冰山理論。或許是一種生命的設計，人類必須藉著睡眠鬆懈情感和理智的壓抑，讓這些潛意識以各種合理或荒誕的夢境釋放出來，才能維持心理的平衡和健康。然而這些對自己影響最大，甚至於是最真實的自我，在睡眠中以夢的方式浮現時，人們往往無法在睡眠中察覺。即使睡醒時偶而記得一些夢的片段，大多也不能理解它對自己的意義，或因為覺得荒誕而不認真細究。因此西方

精神分析醫師多數認為人沒有辦法對自己進行精神分析。對一般人來說是這樣沒錯，但是經過修練，一個人不但比較能察覺自己清醒狀態下的意識，甚且還能發現捕捉自己的潛意識。我反而認為自己才是自己最好的精神分析師。因為只有自己才真正知道自己內心的種種隱私、欲念和情感。最能瞭解那些荒誕的夢真正的起因和糾葛，以及對自己真正意義的那個人，就是你自己，而不是醫生。但是想要能夠捕捉自己的潛意識，並對自己的夢加以分析無誤，我們還需要某種程度的慧根和修練。除了極少數的天才，這種能力不是與生俱來的。但是作為一個平凡人，能夠透過學習而得到這種能力，其實是一種幸福。我們從被生下來開始，就學習著各種知識和智慧。但是對於影響我們最大的潛意識，我們反而一無所知，也不知道如何修練。藉著修練而得以進入冥想狀態，使我們能在維持清醒的意識狀態同時，藉著意識的鬆綁和自我的放空，讓潛意識得以如在睡眠中一樣被釋放出來，而這個浮現的潛意識便得以被我們仍然清醒的意識所觀照。我們還比較能夠記住夢境或比較認真看待那些初看覺得沒有

意義的夢境，並且用心反省清洗那日久累積的潛意識黃金和垃圾，核對自己生命的情感、經歷與夢境的虛實和關聯。而到了一個更高的階段，修練者可以在清醒狀態中就掌握自己的起心動念，對自己的心念、行為做觀照和控制。那麼就不會累積潛意識，心地自然清淨，自然也不勞日後再辛苦地清理了。早期超現實主義者藉著酒精或迷幻藥來麻醉自己或釋放自己，都只能算是一種病態的手段，得到的也只是短暫的放縱和虛幻，不是真實的潛意識，也不能真正分析了解自己的潛意識，發現真實的自我。自從佛洛依德發表潛意識學說以來，作為影響現代藝術最深最廣的超現實主義，已經將近九十年。雖然「超現實主義運動」在一九六九年宣告結束，但是或許由於不知道如何探索捕捉潛意識，不瞭解超現實主義追求的真正精神所在，台灣有蠻多人還在盲目做著超現實主義的摸索和玩弄。甚至於還東施效顰，否定內容的重要價值，而專學外在荒誕無厘頭的拼貼。因為詩涉及語言和意義，這種枉然的實驗和輕浮的玩弄，也就特別會顯示出他的幼稚和虛假來。這是對詩的一種誤解和褻瀆。也是對自己和

讀者的大不敬。

　　潛意識並不意味著都是荒誕的東西。它們甚至比現實更真實，只是你一時無法看清它的變貌和種種關聯以及如何處置而已。修練者到了一個階段，往往就比較能了解那些夢境和潛意識的真實意義。這時修練者對自己的生命和世界的虛幻就能看得更真切，相對地對自己的內在和外在大千世界會產生一種澄澈的靈視而變得鮮明、細膩而豐富。潛意識也不意味著都是負面的東西，也不是和現實背反的東西，最多只能說表面上看起來荒誕不經而已。事實上潛意識的探索是人類超越社會道德、倫理等外在的束縛而認識真實自我的一個自覺運動。「超現實主義」（Surrealism）一詞應該理解為「比現實更真實」的主義。而不是超越現實或否定現實的主義。有時一些偶然深深刺入心靈的情境或官感或語言或念頭等等刺激，在還來不及參透其意義或無法加以歸類對待時，暫時被儲藏在記憶的深處。也可能是一個謎，或美麗的幻想，或痴心妄想，這種種複雜奇妙的東西，也不僅僅只是像倉庫裡的堆棧，任其遺忘或腐朽。這些東西還會在潛意識裡

互相產生化學作用一般，變出新的東西和花樣來。而這些東西和意義，你將會發現它們如何地關聯著、影響著你的存在，並且如何地豐富你的生命，如何地使你的靈性更加細緻。當然有時也會產生虛幻或干擾。這時就需要作一番潛意識的清理了。這種工作其實是一種很好的修練，可以使自己的心靈日益敏銳而清明。而且對虛幻有更深刻的認知。這些痴心妄想和迷幻有時也具有一種野馬般的創造力，但是詩和藝術所需要的創造力是一種可以控制的靈性力量和藝術，而非病態的瘋狂和虛幻。詩和藝術的創造藝術，就好像在於如何將這野馬般的創造力，變成千里馬一樣。

　　如果對自己內在的意識狀態有所體悟和掌握，就會覺察詩是如何地活在我們的生命中。不管是做為認知主體的內在或作為認知客體的外在世界，都是那麼豐富而氣象萬千，真正的詩根本就不需要扭捏作態，故作高深，或譁眾取寵。作為思想的載具和表達的媒介，語言在詩的創始階段就已經扮演著主角的角色。我經常可以聽見我自己的思想或思緒在我的腦中以我自己的聲音獨白著或和自己對話著。我就是這樣

觀照著自己的心念和意識，並在靈感來臨時，就從內在掌握
了詩的語言。其實我們生命中所經歷的種種，不管是自我存
在的感覺或意義的認知，或生命的信念，乃至於人與他人、
人與大自然或人與神之間的關係和意義，都有賴於語言內在
的運作才能進行。在這種自覺和認知之下，你就會知道語言
是絕對不可以隨便玩弄和扭曲的。因為在你玩弄扭曲語言的
同時，就已經對自己的存在和心靈加以扭曲和污染了。同時
也是對他人的污染和玩弄。詩對我來說，是如此深刻而真實
的東西。詩的寫作，讓我深刻地觀照審視語言和存在的根源
和感情的虛實。因為在意識三種狀態的穿梭和體悟，詩意常
常是以靈感的姿影翩然現身而一再地更新了我的生命。我夢
我詩故我在。清醒的存在得加上夢的存在，才是完整的存
在。而詩就是這完整的存在。

讀詩人34　PG0863

 夢的三棲

作　　　者	陳銘堯
責任編輯	黃姣潔
圖文排版	彭君如
封面設計	陳佩蓉、陳銘堯

出版策劃	釀出版
製作發行	秀威資訊科技股份有限公司
	114 台北市內湖區瑞光路76巷65號1樓
	電話：+886-2-2796-3638　傳真：+886-2-2796-1377
	服務信箱：service@showwe.com.tw
	http://www.showwe.com.tw
郵政劃撥	19563868　戶名：秀威資訊科技股份有限公司
展售門市	國家書店【松江門市】
	104 台北市中山區松江路209號1樓
	電話：+886-2-2518-0207　傳真：+886-2-2518-0778
網路訂購	秀威網路書店：http://www.bodbooks.com.tw
	國家網路書店：http://www.govbooks.com.tw
法律顧問	毛國樑　律師
總 經 銷	聯合發行股份有限公司
	231新北市新店區寶橋路235巷6弄6號4F
	電話：+886-2-2917-8022　傳真：+886-2-2915-6275

出版日期	2013年1月　BOD一版
定　　　價	190元

國家圖書館出版品預行編目

夢的三棲 / 陳銘堯著 -- 一版. --　臺北市：釀
出版, 2013.01
　　面；　公分. -- (讀詩人；PG0863)
BOD版
ISBN　978-986-5871-12-3 (平裝)

851.486　　　　　　　　　　　101027697

讀 者 回 函 卡

感謝您購買本書，為提升服務品質，請填妥以下資料，將讀者回函卡直接寄回或傳真本公司，收到您的寶貴意見後，我們會收藏記錄及檢討，謝謝！
如您需要了解本公司最新出版書目、購書優惠或企劃活動，歡迎您上網查詢或下載相關資料：http:// www.showwe.com.tw

您購買的書名：＿＿＿＿＿＿＿＿＿＿＿＿＿＿＿＿＿＿＿＿＿＿＿＿

出生日期：＿＿＿＿＿年＿＿＿＿＿月＿＿＿＿＿日

學歷：□高中 (含) 以下　　□大專　　□研究所 (含) 以上

職業：□製造業　□金融業　□資訊業　□軍警　□傳播業　□自由業
　　　□服務業　□公務員　□教職　　□學生　□家管　　□其它＿＿＿

購書地點：□網路書店　□實體書店　□書展　□郵購　□贈閱　□其他

您從何得知本書的消息？

　□網路書店　□實體書店　□網路搜尋　□電子報　□書訊　□雜誌
　□傳播媒體　□親友推薦　□網站推薦　□部落格　□其他＿＿＿＿＿＿

您對本書的評價：(請填代號　1.非常滿意　2.滿意　3.尚可　4.再改進)

　封面設計＿＿＿　版面編排＿＿＿　內容＿＿＿　文／譯筆＿＿＿　價格＿＿＿

讀完書後您覺得：

　□很有收穫　□有收穫　□收穫不多　□沒收穫

對我們的建議：＿＿＿＿＿＿＿＿＿＿＿＿＿＿＿＿＿＿＿＿＿＿＿＿

＿＿＿＿＿＿＿＿＿＿＿＿＿＿＿＿＿＿＿＿＿＿＿＿＿＿＿＿＿＿＿

＿＿＿＿＿＿＿＿＿＿＿＿＿＿＿＿＿＿＿＿＿＿＿＿＿＿＿＿＿＿＿

＿＿＿＿＿＿＿＿＿＿＿＿＿＿＿＿＿＿＿＿＿＿＿＿＿＿＿＿＿＿＿

11466

台北市內湖區瑞光路 76 巷 65 號 1 樓

秀威資訊科技股份有限公司　　　收

BOD 數位出版事業部

（請沿線對折寄回，謝謝！）

姓　　名：_____　年齡：_____　性別：□女　□男

郵遞區號：□□□□□

地　　址：_____

聯絡電話：(日) _____　(夜) _____

E-mail：_____